나는 당신입니다
당신은 나입니다

사랑은 사랑이 아닙니다

초판인쇄 2014년 4월 25일
초판발행 2014년 4월 30일

지은이 유필화
펴낸이 안종만

편 집 우석진 · 이재홍
기획/마케팅 강상희
표지디자인 홍실비아
제 작 우인도 · 고철민

펴낸곳 (주) 박영사
서울특별시 종로구 평동 13-31번지
등록 1959. 3. 11. 제300-1959-1호(倫)
전 화 02)733-6771
f a x 02)736-4818
e-mail pys@pybook.co.kr
homepage www.pybook.co.kr
ISBN 979-11-303-0089-4 03810

정 가 12,000원

사랑은 사랑이 아닙니다

글읽기와 글쓰기는 언제나 저의 커다란 즐거움이었고, 제 삶의 많은 부분을 차지해 왔습니다. 아름다운 글을 읽을 때의 희열과 저의 글이 남에게 좋은 영향을 줄 때의 보람은 견줄 데 없는 제 인생의 활력소였습니다.

그러나 세월이 갈수록 다른 사람의 문장으로부터 오는 감동의 횟수와 강도는 줄어들기만 했습니다. 또한 제가 과거에 썼던 글은 시간이 지나면서 더욱 빛나기는커녕 눈에 띄게 색깔이 엷어져 갔습니다. 그리고 이 모든 것은 저의 탓이었습니다. 저의 삶 자체가 생기를 잃어가다보니 받아들이는 것도 만들어내는 것도 다 시들시들하게 된 것입니다. 하지만 우리 모두의 원래의 모습은 영원한 참신입니다. 늘 활기가 넘치고 신선함을 잃지 않음이 우리의 진면목(眞面目)입니다. 이 시집은 그러한 본래의 나, 참다운 우리를 찾아가려는 저의 조그마한 노력의 소산입니다.

저는 모든 것을 처음부터 다시 시작한다는 마음으로, 그리고 이 마음을 세상을 떠나는 날까지 간직하겠다는 결의를 품고 여기에 실린 쉰세 편의 시를 썼습니다. 이 책의 제 4부에 있는 '구도자 선재'는 선재라는 한 평범한 인간이 53명의 어진 스승을 찾아 도(道)를 구하는 이야기입니다. 숱한 어려움에 부딪혀도 결코 물러서지 않는 선재의 그 불굴의 의지를 감히 닮고자 저도 똑같은 숫자 53을 택했습니다.

이 책과 인연이 닿는 모든 분들의 행복을 기원합니다.

2014년 4월 14일

유 필 화

사랑의 연가

경영의 지혜

참나(眞我)를 찾아서

나의 세계관

사랑의 연가

슬픔의 쾌락

참 이상하네요
당신이 떠나간 뒤로
왜 이렇게 기쁜 일이 많은지요
그리움은 환희, 목놓아 운 뒤의 단잠은
희열, 당신을 생각하며
쓰는 시(詩)는 극락입니다

눈물은 너털웃음이 되고,
깊은 한숨은 혼자만의 사색으로 이어집니다
잠 안 오는 긴 밤은 옛 추억을 더듬게 해주고,
걷잡을 수 없는 슬픔은
새 출발의 두근거림으로 바뀝니다

아쉬움이 이렇게 즐거운 것인지는
예전엔 미처 몰랐어요
괴로움이 삶의 활력소가 될 줄
그 누가 알았겠습니까

섭섭함이 집착을 녹이고
서운함은 무상(無常)을 가르쳐줍니다
어두운 체념을 연둣빛 희망으로 물들이는 것은
그 누구의 솜씨인가요

그런데도 마음이 아파
웬일인가 했더니
가슴 속에 당신이 버젓이 있더군요
가세요, 어서 가세요, 이제 가실 때가 되었어요

나는 슬픔에 겨워 미소 짓고
쾌락에 묻혀 통곡합니다

만남과 집착

이제 몇 밤만 더 자면
나는 또 당신을 만납니다
그런데 이게 웬일인가요
그토록 그리워하던 당신을 만나는데,
그래서 가슴이 설레는데,
왜 눈물이 앞서고
마음이 이다지도 쓰라린지요

당신과의 만남이 거듭될수록
그리고 그것이 즐거울수록
언젠가 헤어질 것이라는 두려움이
불쑥불쑥 솟구쳐 올라서인가요
아니면 당신에 대한 집착이
스스로를 옭아매는 것이
나를 슬프게 하기 때문인가요

나는 애착을 녹이려고
어디선가 본 시구(詩句)를 읊조려보지만
허사입니다

이 몸의 아홉 구멍에서는 끊임없이
오물이 흘러나온다
눈에서는 눈곱 귀에서는 귀지
코에서는 콧물 입에서는 침과 가래
그리고 온몸에서 땀과 때가 나온다

나는 눈 푸른 이[1]에게 묻습니다
만남과 헤어짐을 넘어서고
기쁨과 집착을 모두 여의는
사랑의 지혜가 무엇이냐고
그런 슬기로운 사랑이
과연 있느냐고

나지막한 그의 대답이 살며시
귀에 들어옵니다
어디 조용한 데서 혼자
산책이나 하고 오게그려

그리움

그리움은 어떤 모양을 하고 있을까요
아무리 그리려 해도 그려지지않습니다
그것은 그릴 수 없는 그림이니까요

그리움은 얼마나 멀리 떨어져 있을까요
온 누리를 구석구석 찾아봐도 보이지 않습니다
몸 안을 샅샅이 뒤져도 헛수고입니다
마음속에도 없습니다
그것은 바로 내 마음이니까요

그리움의 목소리는 얼마나 애달플까요
아무리 해도 들리지 않습니다
너무나 가냘프니까요
그러나 또 어디서나 들립니다
귀 있는 자와 늘 함께 있으니까요

그리움은 누구를 위한 것일까요
나는 당신이 떠나간 뒤로 그리움이 싫어졌습니다
하지만 나는 그것을 목숨보다 더 소중히 여깁니다
그것이 없으면 당신이 다시 오시지 않을 것이니까요

우리는 왜 그리움과 같이 살아야 하는가요
어째서 만나는 사람마다 헤어져야 하나요
내 가슴의 그리움의 불꽃은
언제나 꺼질까요
나는 갈망합니다
그리움을 끌어안는 지혜를

사무치는 그리움과 하나가 된 나는
잔잔한 행복감에 젖습니다

사랑의 이중성

사랑을 거울에 비추면
언제나 두 얼굴이 보입니다
그것은 사랑의 신비요 묘미입니다

사랑은 만남으로 시작해서 헤어짐으로 끝납니다
눈물과 미소가 늘 뒤범벅되어 있습니다
짜릿함은 쓴 맛으로 이어지고,
부풀은 기대는 잿빛 절망을
동반하게 마련입니다

벅찬 희망은 철 이른 실망으로 바뀌고,
미래를 향한 달콤한 환상은
일상의 답답함으로 변합니다
신선함은 어느덧 견디기 힘든 지루함이 되고,
깔끔함은 밋밋함으로 탈바꿈합니다

이것은 사랑의 한계인가요, 본질인가요
사랑의 비극인가요, 완성인가요

기나긴 세월과 한없는 그리움이
나에게 가르쳐 주었습니다
사랑의 이중성은 본래 없다
눈에 보이는 것은
원숙에 이르는 과정일 뿐이다

사랑의 이중성은 우리의 헛된 망상입니다
사랑은 하나입니다
그것은 가이 없이 아름답습니다

사랑은 사랑이 아닙니다

나는 당신이 좋아하는 시를 알고 있습니다

사랑하는 사람을 가지지 말라
미운 사람도 가지지 말라
사랑하는 사람은 못 만나 괴롭고
미운 사람은 만나서 괴롭다

하지만 나는 이 시를 좋아하지 않습니다
사랑은 사랑이 아니기 때문입니다

당신은 나에게 사랑의 아름다움을 주었습니다
그러나 당신은 나에게 사랑의 고통도 주었습니다
당신은 나에게 사랑의 달콤함을 가르쳐주었습니다
그러나 당신은 나에게 사랑의 쓴 맛도 가르쳐주었습니다
나는 황홀한 밀어에 취하고, 한없는 그리움에 멍들었습니다

하지만 기쁨과 아픔은 둘이 아닙니다
사랑과 삶도 둘이 아닙니다
그것을 가르쳐준 당신은 나의 영원한 스승입니다

나는 당신입니다
당신은 나입니다

끝없이 흘러내리는 우리의 눈물은 애틋한 사랑의 미소입니다
나는 당신이 그립습니다

기다림

이 세상에서 제일 아름다운 것은 무엇일까요
그것은 당신을 기다리는 것입니다

나는 당신이 언젠가는 오실 것을 믿습니다
그것은 굳은 약속이요, 맹세이니까요

하지만 나는 어서 오시라고 보채지 않습니다
'이제는 오실 때가 되었어요' 라고도 하지 않습니다
그렇게 말할수록 당신이 뒷걸음쳐 사라질 것을
아는 까닭에

나의 기다림은 다가감입니다
나는 어제도 오늘도 당신을 향해
뚜벅뚜벅 걸어갑니다
당신은 보이지 않습니다
그러나 나는 느낍니다
어서 오라는 손짓과 고운 저녁놀 같은
당신의 미소를

나는 지쳐 쓰러집니다
실컷 웁니다
어디선가 당신의 목소리가 들립니다
어서 일어나세요, 이제 다 왔어요

아 당신은 누구인가요
나의 연인인가요, 깨달음의 화신인가요
아니면 내 안의 나인가요

나는 내일도 당신을
기다릴 것입니다

I HAVE LONG WONDERED

I have long wondered
Why I always want
To give you everything I have,
And that unconditionally.

I have long wondered
Why your splendid smile
Never ceases to fill my heart
With motherly nostalgia.

I have long wondered
Why your tear are so excruciating and yet sweet,
So touching and yet sincere,
So pathetic and yet warm.

I have long wondered
Why I miss you dearly every day and night and
My Soul hovers over you
Wherever you are.

I have long wondered
Why I can forget love, joy, sorrow,
Even you and myself, just everything,
When you hold me tight.

I have long wondered
Why every word you say
Is so melodious,
Why I am enamored of every gesture you make.

Suddenly a blessed mysterious feeling lights up
My mind and I realize
That I am you and you are me.
We are one and the same, united by inalienable
And inseparable bonds of eternity.

웃음

나는 언젠가 들은 적이 있습니다
행복해서 웃는 것이 아니라
웃기 때문에 행복하다고
또 웃음이 겨워서 눈물이 된다는
시구(詩句)를 본 기억도 납니다

웃음이라고 다 웃음이 아닌 모양입니다
하긴 웃음에는 갈래가 참 많기도 하네요
너털웃음, 쓴웃음, 비웃음, 함박웃음, 폭소, 미소
당신이 가신 뒤에 나를 떠나지 않는 이 웃음은
어디에 속하는가요

나는 당신을 생각할 때마다
어찌할 수 없이 웃음이 나옵니다
그러나 웃음이 그치면
어김없이 눈물이 흥건히 괴어있습니다

그것은 눈물을 낳는 웃음,
그리움을 동반한 행복입니다
슬픔을 웃기는 몸짓이고
절절함의 또 다른 얼굴입니다

당신은 참으로 고마운 분입니다
영원히 나와 함께 있을
소중한 선물을 주시고 가셨으니까요
나는 당신이 오실 때까지
그것을 고이 간직하겠다고
다시 한번 다짐합니다

그것은 눈물 어린 웃음입니다

사랑은 만남으로 시작해서 헤어짐으로 끝납니다

사랑의 깊이

사랑의 깊이는
무엇으로 알 수 있을까요
사랑을 나눈 시간, 철석 같은 언약
그것은 사량(思量)으로는 헤아릴 수 없습니다

어떤 이는 그러더군요
떨어져보아야 짐작할 수 있다고
헤어져야 비로소 알게 된다고

그러면 나는 대꾸합니다
도대체 그것을 왜 알아야 하느냐고

또 다른 이는 말합니다
사랑은 물거품이요 그림자다
이슬 같고, 번개 같다
허망하기 짝이 없으니
아예 빠지지 말라

그 사람은 꽤나 어리석습니다
사랑과 삶이 한 뿌리인 줄
여태껏 모르니까요

사랑은 깊이가 없습니다
길이도, 넓이도, 높이도 없습니다
사랑은 잴 수 없는 까닭에

사랑은 바다를 건너

사람들이 말합니다
사랑에는 국경이 없다고
태평양도 못 막는다고

그들은 참 어리석습니다
바다가 얼마나 깊고 넓은지 모르니까요
그들은 모릅니다
바다에는 여기저기 암초가 널려있고
무시무시한 고기떼가 득실거리는 걸

또 어떤 이는 읊습니다
사랑은 속박이요, 번뇌의 씨앗이라고
그 사람은 어지간히 미련합니다
속박이 감미로움이고, 번뇌가 환희임을
깨닫지 못하고 있으니까요

그러나 웬일인가요
내 마음은 당신을 찾아 온 법계의 구석구석을 헤맵니다
당신을 찾으면 슬프고 못 찾으면 외롭습니다
사랑이 열리면 쓰라리고 닫히면 그립습니다

나는 이제 압니다
스스로의 어리석음을
그리고 사랑은 초월이며 베품인 것을

사랑은 바다를 건너갑니다
온 우주를 감쌉니다
사랑은 사랑이 아닌 까닭에

어느 스승과 제자

하나였던 겨레가 둘로 갈라진 어느 나라에
한 스승과 한 제자가 있었습니다
스승은 정성을 다해 제자를 가르쳤고,
제자는 그의 학문적 역량과 따뜻한 성의에 매료되었습니다
그리고 그의 인품을 깊이 흠모했습니다.

스승을 향한 존경심은
어느덧 사모하는 마음으로 바뀌고,
사모는 연정으로 연정은 열정이 되었습니다
스승은 비범한 제자의 예사롭지 않은
그러나 참된 감정을 담담하게 받아들였습니다

그녀의 조국은 다시 하나가 되었고,
그녀는 나라를 위해 큰 일을 하기 위한
길로 들어섰습니다
어둡고 생소한 길에서 스승은 언제나
밝은 등불이자 훌륭한 길잡이였습니다

그녀를 기다리고 있는 것은
길고 험난한 가시밭길이었습니다
곳곳에 지뢰가 묻혀 있기도 했습니다
그러나 스승의 지도와 위로가 있어
그녀는 늘 행복했습니다
마침내 통일조국의 최초의 여자수상이라는
큰 영예가 그녀에게 주어집니다

사랑과 성공을 거머쥐고
세계의 추앙을 한 몸에 받는 그녀는
이제 전세계 여성들의 우상입니다
이 모든 것의 시작은
스승과의 만남이었습니다

그녀의 이름은 앙겔라 메르켈[2]입니다

진정한 사랑

모든 연인들은 한결같이 말합니다
자신의 사랑이야말로 진정한 사랑이라고
그래서 세상에는 진정한 사랑이
많기도 합니다

그런데 이상합니다
보이는 이별은 죄다 웃음이고,
들리는 결혼행진곡은 공허하니까요
사랑의 밀어는 왜 독(毒)으로 변하고,
맹세는 어찌하여 허망한가요

그들은 알고 있을까요
사랑의 언약이 얼마나 무거운지
그 심연의 깊이와 시간의 아득함을
족쇄의 고통은 어여쁜
처녀의 모습을 띠고 있는 것을

그래서 어떤 이는 그러더군요
진정한 사랑을 만나는 것은
눈먼 거북이가 넓은 바다에 둥둥
떠다니는 널빤지 하나와
우연히 마주치는 것만큼 어렵다고
그것을 기대하는 것도
버려야 할 집착이라고

아, 그래도 나는 사랑이 그립습니다
사랑하는 이의 품에 안기고 싶습니다
거짓 사랑의 이슬이 진정한 무관심의
얼음보다는 더 달콤하니까요

진정한 사랑은 말이 끊어진 자리입니다

실연의 의미

세상에는 괴로움이 참 많기도 합니다
누구나 태어나면 늙고 병들고
죽어야 합니다
그 뿐인가요
사랑하는 사람과는 헤어져야 하고
싫은 사람과 만나야 하며,
구하려 하나 얻을 수 없는
것이 태반입니다

괴로움은 또 실연이라는
이름을 띤 무서운 물결로 우리를 덮칩니다
때로는 그것에 휩쓸려
죽음에 이르기도 합니다
물결은 해일의 피붙이이고,
실연과 죽음은 서로 좋아하는
사이니까요

그러나 물결을 빠져 나오기만 해도
그것들은 이내 헤어지고 맙니다
물가에서 조금 떨어지면 물결이
예쁘게 보이기조차 합니다
더 멀어지면 아예 보이지도 않습니다

물결도 나도 그대로인데
세상은 영 딴판입니다
이 무슨 신비로운 조화인가요

우리는 물결을 벗어나면서 깨어나고,
물가에서 떨어지면서 자신을 돌아봅니다
그리고 멀찌감치 바다를 바라보면서
스스로를 들여다봅니다

실연은 쓰라림의 아름다움을 일깨워주는
우리 모두의 벗입니다

금생의 이별, 내생의 만남

어느 성인의 말씀이 생각납니다
전생 일을 알고 싶으냐
금생에 내가 받는 것을 보라
내생 일을 알고 싶으냐
금생에 내가 짓고 있는 것을 보라

당신과의 만남, 그것은 일생일대(一生一代)의
사건이었습니다
죽어가는 생명에게 자비의 손길을 뻗친
공덕이 있어야만 찾아오는 복덕(福德)의 열매.
살려고 발버둥치던 가엾은 작은 새의
모습이 떠오릅니다

당신이 나와 함께 계셨던 꿈 같은 시간,
당신은 사랑을 듬뿍 주셨습니다
나도 언젠가 아낌없이 베푼 적이
있었나 봅니다

그러던 어느 날 간다 온다 말도 없이
당신은 홀연히 사라졌습니다
내가 신의를 크게 저버린 적이
있었기 때문이겠죠
깊이 뉘우치는 마음이 새삼
솟구칩니다

당신이 떠나간 뒤에,
사무치게 그리워하는 이내 마음을
달랠 길이 없습니다
누군가의 가슴에 못을 박은
업보(業報)인 줄 알면서도.
어떻게 하면 그것을 뽑을 수 있을까요

나는 굳게 서원(誓願)합니다
부지런히 선업(善業)을 쌓아
다음 생에서도 당신을 꼭 만나겠다고
그리고 당신과 더불어 평생
되돌려주는 삶을 살겠다고

사랑의 완성

나는 사랑의 종말을 보았습니다
사랑의 파탄도 들었습니다
그러나 사랑의 완성은 아직
듣거나 본 적이 없습니다

사랑에 완성이 있을까요
있다면 언제 완성되나요
어떤 이가 그러더군요
사랑에는 완성이 없고
과정만 있을 뿐이라고

어느 날 홀연히 나타난 당신
나는 사랑의 존재를 알게 되었습니다
당신이 머무셨던 꿈같은 시간
나는 그것의 의미를 가슴에 새겼습니다

당신이 가신 뒤에야 나는 깨달았습니다
그것은 언제나 우리와 함께 있음을.
이것을 일깨워주려고 당신이 오셨던 것임을

사랑은 늘 완성되어 있습니다
지금 이 순간 우리는 그지없이 행복합니다

당신의 목소리가 나직이 스며듭니다
살아있는 것은 다 행복하라

꿈속의 연인 I

나는 꿈속에서 그녀의 집을 보았네
그녀의 가족들이 오순도순 모여
이야기 꽃을 피우고 있었네

그녀의 어머니, 아버지, 형제자매, 새신랑,
귀여운 강아지까지
모두 자리를 함께 했네
그녀의 배는 볼록했네

그녀는 강아지에게 속삭이고,
그녀의 자매들은 예쁜 수다를 떨고,
어머니는 사위에게 다정한 눈빛을
보내고 있었네

나를 매료했던 그녀의 눈망울이
유난히 빛나고 있었네
그녀의 엷은 미소는
잔잔하고 푸근했네

그녀와 그녀의 남편이 집 바깥으로 나왔네
다른 식구들도 따라 나왔네
또 오겠습니다 하는 소리가 들렸네
나는 황망히 그곳을 떠났네

나는 울었네
하염없이 울었네
그리고 정말로 간절히 기도했네
부디 이승에서 행복하고 내생에서 만나자고

꿈속의 연인 Ⅱ

어젯밤 그녀는 오랜만에 나를 찾아왔네
나는 그녀를 반가이 맞이했네

그녀는 말했네
그동안 잘 지내셨느냐고
그런데 얼굴이 좀 안돼 보인다고

나도 물었네
어른들 안녕하시냐고
아기는 잘 크냐고
그리고 진심 어린 안부인사를 부탁했네
그녀는 그저 고개만 끄덕였네

우리는 호젓한 숲길을 함께 걸었네
할 얘기는 많건만 둘 다 말이 없었네
침묵의 비는 우리를 고요히 적시었네

그녀가 한참 만에 입을 열었네
이제 가보아야겠어요
그녀의 목소리는 유난히도 애처로웠네
나는 아무 말도 하지 않았네
그녀는 어느덧 사라졌네

은은한 달빛이 나를 흔들었네
보름달이 중천에 휘영청 걸려있었네
밤하늘에는 청순하기에 애련한 그녀가
쓸쓸히 떠돌고 있었네
언제까지나

결혼의 역설

결혼은 사랑의 절정이라고
사람들은 얘기합니다
그러나 그것은 종말의
시작이기도 합니다
달도 차면 이지러지듯이

식장에는 온갖 꽃들이
활짝 피어 있습니다
그것들은 이내 시들고 맙니다
화려한 결혼행진곡이
울려 퍼집니다
많은 이들에게 그것은
실망의 서곡이자
환멸의 전주곡입니다

엄숙한 혼인서약은 깨지기 쉬운
사랑의 맹세이고,
근엄한 주례사는 공허한 말의 잔치에
지나지 않습니다
예식이 끝나는 순간 하객들의
미소는 어느새 사라집니다

신혼여행의 추억은 벌써
아득한 옛날의 꿈입니다
끝없이 이어지던 우리의 대화로
여름 밤도 짧았었는데

그 누가 말했던가요
결혼은 두 사람을 옴짝달싹 못하게
가두는 것이라고
그것은 사랑의 정점이 아닌
종점이라고

아, 그래도 나는 사랑의
감옥에 갇히고 싶습니다
그곳에서 가슴 설레는
죽음을 맞이하겠습니다
그것은 당신과 신나는
나들이하기 위해
옷을 갈아입는 것이니까요

어머니, 당신은 나무입니다

어머니, 당신은 나무입니다
늘 그곳에 그렇게 서있습니다
눈비가 내리고 폭풍우가 휘몰아쳐도
새와 사람이 모두 떠나가도
그저 그렇게 서있습니다
그리고 묵묵히 우리를 지켜봅니다

어머니, 당신은 언제나 제자리에서 우리를 맞이합니다
그리고 말없이 속삭입니다
얘야 힘들었지, 어서 오너라
다 그런 거다, 잠깐이다

어머니, 당신은 끊임없이 주십니다
넉넉한 그늘로 우리를 감싸주고
뭇 중생에게 양식과 머물 곳을 베풀어줍니다
하지만 당신은 아무것도 바라지 않습니다
아무것도 내세우지 않습니다
빙그레 웃으며 그저 주십니다

어머니, 당신은 참스승입니다
천둥 같은 침묵으로 가르침을 주십니다
의연히 비바람을 맞으며,
담담히 잎을 떨어뜨리며,
눈부신 눈송이를 꽃피우며
우리를 부끄럽게 합니다
우리는 당신의 영원한 제자입니다

어머니, 당신은 짜증을 모릅니다
천진한 아이들이 당신의 목까지 올라와도
어리석은 구경꾼들이 온몸을 상처투성이로 만들어도
그까짓 것 하십니다
온갖 중생이 참을 수 없는 소음을 뿜어내도
탐욕스러운 인간이 당신의 몸을 잘라내도
그냥 그렇게 사는 거지 하십니다
당신은 거룩한 수행의 화신입니다

어머니, 당신은 우리 곁에 오신 나무보살입니다
당신을 사랑합니다

당신의 이름은 아내

당신은 길을 사랑합니다
그래서 길을 찾아 나섭니다
그러나 그것은 가르쳐주는 이 없는 길입니다
그래도 망설임 없이 떠납니다

당신은 길을 갑니다
당당하게 걸어갑니다
그 길은 누구나 가고 싶어 하지만
머뭇거림 없이 가는 이는 무척 드뭅니다
그것은 길 없는 길이기 때문입니다

당신은 흔들리지 않습니다
가지 않은 길을 가지만
길 아닌 길은 가지 않는 까닭입니다
길은 길입니다

당신에게는 언제나 신선함이 있습니다
당신의 길은 늘 새롭고
새로워지기 때문입니다
시들지 않는 그 길은 우리의 길입니다

당신은 온화합니다
길에서 마주치는 모든 중생에게 가만히
그러나 간절히 속삭이기 때문입니다
날마나 날마다 좋은 날 되소서

당신의 이름은 아내입니다

너는 나의 딸

너는 함초롬히 피어난 한 송이 연꽃
청초한 네가 있기에 우리가 청정하고
화사한 네가 있기에 세상이 아름답다

네가 웃으면 온 우주가 웃고
네가 찡그리면 온 누리가 시무룩하다

너는 명랑의 화신
네가 오면 웃음꽃이 피고
네가 있으면 흐뭇함이 활보하며,
네가 가면 짙은 아쉬움의 여운이 남는다

너는 꺼지지 않는 등불
네가 있으므로 이웃이 환하고
네가 있으므로 멀리서 벗이 찾아온다

너는 우리를 찾아온 슬기로운 아이
당당하게 그러나 겸손하게
삶을 꾸며나가고
정성을 다해 중생에게 회향하거라

너는 우리의 딸이요 그들의 딸이다

이별의 미학

어느 옛 시인이 노래했습니다.
우리는 떠날 때에 다시 만날 것을
믿습니다라고

나는 그 시인의 말을 음미할 수 없습니다.
내게 이별은 너무나 찬란한 슬픔이요,
화려한 아픔이기 때문입니다

그러나 나는 알고 있습니다
이별 없는 사랑은 죽음이요,
사랑 없는 이별은 위선이라는 것을.
사랑은 이별을 먹고 크는 까닭에

하지만 이별은 끝이 아닙니다
시작도 아닙니다. 이별은 이별입니다

나는 이별을 사랑합니다
우리는 이별이기 때문입니다

이별은 나와의 만남입니다

MINJUNG
ESSENCE
DEUTSCH-KOREANISCHES
WÖRTERBUCH
Marketing Management
Strategy, Planning, and Implementation
Shapiro
Dolan
Quelch
The Marketing

경영의 지혜

경영의 진리

시장(市場)이 있어야 기업이 있다
떠나라, 충족되지 않은 고객의 욕구를 찾아서
당신이 가는 길은 남들이 가지 않은 길
당신의 목적지는 풍요로운 황무지
당신의 몸은 현장, 가슴은 겸양, 머리는 상상력

지극한 정성으로 원가를 낮추어라
당신과 고객을 위해.
노력하는 사람은 하늘이 돕는다
여러 겹을 겪어 일을 성취하라
막히는 데서 도리어 통한다

경영은 위험과 불확실성의 보금자리
실패할 수 있는 자유가 숨쉬게 하라
질서와 혼돈을 적절히 포용하라
거문고의 줄을 너무 늦추거나
조이지 말아야 하듯이.
질서만 있으면 움직이지 못하고,
혼돈만 있으면 땅이 꺼져버린다

이제는 섬기는 지도자의 시대
고객을 섬기고 아랫사람을 섬겨라
시장(市場)은 당신의 회사를 사랑하고,
임직원들은 "이 회사는 내 회사다"
라고 말할 것이다.
당신을 걸어 다니는 비전으로 볼 것이다
당신의 회사는 번창하는 행복한 공동체

경영의 지혜

회사의 크나큰 원(願), 비전을 세워라
그것은 해볼 만하고 해낼 수 있다
원이 간절하면 간절할수록
그것은 반드시 이루어질 것이다
시작하는 마음을 늘 가슴에 품고
물러서지만 않는다면

회사의 으뜸가는 보배는 그 안의 사람들이다
사람이 중요하고 사람만이 일을 해낼 수 있다
그들을 존중하고, 그들의 숨은 힘이 용솟음치게 하라
밖에서 찾지 말라, 진짜 보석은 바로
당신 회사 안에 있다

고객이 있어야 회사가 있다
그들의 눈으로 보고 그에 따라 행동하라
그들을 진정으로 섬기고 정성을 다해 이롭게 하라
고객은 반드시 받은 것만큼 돌려준다
콩 심은 데 콩 나고 팥 심은 데 팥 나듯이

과거는 이미 흘러가버렸고
미래는 아직 오지 않았다
현재의 일에 푹 빠져라
순간은 영원한 현재가 되고,
여유와 맑음이 당신을 감싼다
당신의 지혜는 회사의 번영을 일군다

사장일기

하늘이 무너져도 땅이 꺼져도
회사는 굴러가야 한다
경기가 아무리 나빠도
고객이 아무리 까다로워도
경쟁사가 어떻게 나와도
나는 이익을 내야 한다

쉴 새 없이 들이닥치는
크고 작은 어려움은
회사의 강장제
변덕스러운 고객은
우리 제품을 나날이 더 나아지게 하는 은인
말 안 듣는 직원 덕분에
나의 사람 다루는 솜씨는
이제 보통이 아니다

사장은 오직 회사만을
위해 살아야 하는 사람
회사를 키워 더 나은 세상을 만드는 사람
무쇠 같은 의지와 불꽃 같은 정열이 없으면
일찌감치 딴 길을 가라

내 가슴은 새가슴, 긴장은 나의 일상
외로움은 나의 벗이다
도전정신은 나의 주식(主食)이요
희망은 나의 버팀목이다
누가 뭐라 해도 나는 이 자리가 자랑스럽다
내가 잘하면 수많은 중생들의 행복을
무한히 증진시킬 수 있으므로.
다시 태어나도 나는 이 길을 가련다

전략가여, 정원사의 마음을

전략가여, 정원사의 마음을 갖게나
정원사는 일을 완전히 마무리하는 적이 없네
정원을 끊임없이 돌보고 가꾸어야 하니까
전략수립도 끝이 없는 작업이요, 영원한 도전이네
전략의 세계에서는 최종 완성품이란 게 없네

믿음직스러운 경쟁우위를 만들어내고 지키는 것
이것이 바로 자네가 하는 일의
궁극적인 목표이어야 하네
핵심역량에 바탕을 둔 지속적인
경쟁우위만이 회사의 존속을 보장하기 때문이네
그러니 자네는 늘 회사의 핵심역량을
키우고 유지하는 데 초점을 맞추게나

전략은 기업문화와 잘 어울려야 하네
합리적인 계획과 본능적인 감각이
어느 정도 맞아야 하는 것이네
따지고 보면 이성과 직관이
둘이 아니지 않겠나

그러나 잊지 말게
전략의 최종결과는 결국 그것을 생각해내고
실행에 옮긴 사람들의 그릇을 반영하네
그러니 정원사가 어린 새싹을 잘 가꾸듯이
자네도 미래의 대들보를 평소에
꾸준히 돌보고 키우게나

고객이란

고객은 까다롭다
불평불만을 늘어놓는다
우리를 귀찮게 하고,
일을 번거롭게 한다
그러나 잊지 말아라
그들이 있어야 우리가 있다

고객은 변덕스럽다
아무 거리낌없이 우리를 배반한다
돌아서면 거들떠보지도 않는다
하지만 명심하라
우리의 운명은 그들에게 달려있다

우리가 맘에 들면
그들은 다시 오고,
또 산다.
더 사주고,
좋은 입소문을 내준다

그러나 흡족하지 않으면
그들은 미련 없이 등을 돌린다
주변 사람들도 발길을 끊게 한다
그들을 어려워하라

등잔 밑이 어둡다
회사 안의 고객을 소홀히 하지 말아라
대접을 받아 본 사람만이
남을 대접할 줄 아는 까닭에

고객에게 더 가까이 다가가라
더 자주 만나라
그들의 처지가 되어보고,
그들의 마음을 읽어라
회사와 고객은 둘이 아니다

여러 겹을 겪어 일을 성취하라
막히는 데서 도리어 통한다

변화경영

바꿀 필요가 있으면 빨리 움직이게
꿈틀거리지 말게
변화의 걸림돌이 자네 주변에
늘 널려 있으니

인심을 잃을 각오를 하게나
중상과 비방을 끌어안게그려
귀가 얇으면 존경을 못 받네
자네의 강인함과 추진력은
길이 빛날 것이리

직접 나서서 자네의 메시지를 전하게
쉴새 없이 되풀이해야 하네
몸으로 보여주게
변화의 모범을.
자네는 변화의 화신이네

기업은 끊임없이 달라져야 하네
변화경영은 끝없는 긴 행군이네
위기를 변화의 고마운 벗으로 보게나

노사관계의 기본

예의범절은 인간관계의 기본바탕이네
그것은 조직생활에서 윤활유와 같네
그것을 철저히 지키지 않으면
우리 모두 희망이 없으리

부리는 사람이여, 예의를 지킵시다
능력에 따라 부려라
음식과 급료를 적절히 지불하라
때를 따라 수고로움을 위로하라
병 나면 치료를 받게 하라
때때로 휴가를 주어라

근로자여, 예의를 잊지 맙시다
일찍 출근하라
정성껏 일을 하라
주지 않으면 갖지 말아라
일을 순서 있게 하라
회사를 명예롭게 하라

우리는 더불어 함께 살아야 하네
마음의 문을 활짝 열고
저쪽의 말에 귀를 기울이세
뜻을 살려서 듣는다면
허용하지 못할 것이 없으리

성장의 길은 넓다

성장하느냐, 뒤처지느냐
기업이 갈 수 있는 길은
둘 중의 하나뿐이네
정지나 머무름은 있을 수 없네

세계는 충족되지 않은 욕구,
풀리지 않은 문제로
넘치고 있네
이들은 모두
성장의 기회라는
애칭을 갖고 있네

그러나 구슬이 서 말이라도 꿰어야 보배고,
성장의 기차는 빨리 달리네
그것을 재빨리 발견하고,
과감히 뛰어올라야 하리

마음의 문을 활짝 열고
눈을 크게 뜨고
세계를 보아라
귀 기울이는 자에게
복이 있으리

성장의 길은 우리 앞에
넓게 펼쳐져 있네
우리는 그 길을 가기만
하면 되리

회사원으로 산다는 것

나는 회사원입니다
그것도 아주 평범한 회사원입니다
거의 매일 꼭두새벽에 일어나고
깜깜할 때 녹초가 되어 집에 돌아옵니다
평일에는 허구한 날 내키지 않는
회식모임에 가야 하고
일이 있으면 휴일에도 회사에 나갑니다

회사에 가면 상사는 시어머니고
고객은 상전입니다
동료는 경쟁자이고 부하들에게 나는
거추장스러운 존재일 뿐입니다
협력회사 직원은 조심해야 하고
관리들과 고문교수는 잘 모셔야 합니다
누구를 만나도 반가워하는 척해야 합니다

가끔씩 인생이란 이렇게 사는 건가,
잘못 사는 것은 아닌가 하는
상념이 떠오릅니다
어린 시절이 생각나고,
학교 다닐 때가 그립기도 합니다
그러다가 또 일이 떨어지면
정신 없이 왔다 갔다 합니다
어느새 봉급날이 오면 그런 생각은
이미 온데간데 없습니다

하지만 나에게는 큰 즐거움이 있습니다
아이들이 무럭무럭 크는 것을 보는 것입니다
그런데 한편 애들이 커갈수록 불안도 커집니다
회사를 그만두어야 할 날이 가까워지니까요
그래서 인사발령 시기가 다가오면
늘 마음이 조마조마합니다

그런데도 남들은 내가 좋은 회사 다닌다고
부러워합니다
아니 나갈 직장이 있어서 좋겠다고 합니다
얼마를 받느냐, 다음 승진은 언제 하느냐고
물어보기도 합니다
웃어야 할지 울어야 할지 모르겠습니다

그러나 주어진 삶을 꿋꿋이 그리고 열심히
살아가는 나는 언제나 늠름합니다
최선을 다하므로 당당하고 후회가 없습니다
태산 같은 자부심이 있습니다
누가 뭐라 해도 나는 우리 사회의 튼튼한
버팀목이기 때문입니다

나는 지극한 정성의 힘을 믿습니다
그래서 이제는 미래가 불안하지 않습니다
어느 옛 시인의 노래가 생각납니다

나는 이미 밥도 지었고 우유도 짜놓았습니다
마하 강변에서 처자와 함께 살고 있습니다
내 움막은 이엉이 덮이고 방에는 불이 켜졌습니다
그러니 하늘이여, 비를 뿌리려거든 비를 뿌리소서

나는 이 땅의 회사원입니다

최고경영자 징기스칸

당신은 진정한 의미의 세계제국을 건설하고
그것을 다스린 위대한 최고경영자입니다
그것은 동쪽으로는 고려, 서쪽으로는
헝가리, 폴란드에 이르렀으며,
주요 종교의 영향권을 모두 아울렀습니다
그것은 인류역사상 최대의 자유무역지대였습니다
25만 명도 안 되는 군대로 당신은 어떻게
그런 엄청난 일을 할 수 있었는가요

당신은 무엇보다도 인재육성에
힘을 기울였습니다
당신의 기병대원들은 안장에 앉은 채로
열흘 동안이나 생활할 수 있었다고 하는군요
그들은 또 말 젖, 말의 피를
마셔 가면서도 버티는 힘이 있었다고 합니다

또 당신의 군대는 당시의 사람들이
믿기 힘들 정도로 빨리
이동하는 힘이 있었습니다
헝가리에서는 그들이 사흘 동안
270마일이나 전진했다고 하네요
오늘날의 속도경영을 당신은
이미 800여 년 전에 실천하고 있었던 것이죠

당신의 각 부대는 전령, 등불, 연기, 깃발 등의
다양한 수단을 활용해서 서로 활발히 교신했죠
그 결과 당신은 모든 부대의 활동을
조정하여 적의 약한 곳을 집중적으로
공격할 수 있었습니다
당신은 네트워킹능력과 자원집중의 중요성을
그 시절에 이미 터득했었나 봅니다

당신의 군대는 또 첩보활동에 매우 능했습니다
적을 알고 나를 알면 백 번 싸워도
위태하지 않다는 병법의 기본원리를
당신은 잊은 적이 없습니다

당신은 전략적 목표를 달성하기 위해
외부자원을 적극적으로 활용했습니다
외국상인들을 스파이로 고용하고,
많은 외국인들을 병사로 징집했습니다
당신이 아마 기업들이 요즘 많이 하는
아웃소싱의 원조가 아닌가 합니다

당신은 뛰어난 최고경영자의 본보기입니다

참나(眞我)를 찾아서

연둣빛 호기심

어떤 이가 그러더군요
당신은 연둣빛 호기심이라고

마음이 맑으니 세상이 온통 예뻐 보이고
온 우주가 신비로 가득 찼으니 알고 싶은 게
많기도 하다고

마르지 않는 호기심의 샘이 있으니
눈빛이 늘 맑고 얼굴은 언제 보아도 환하다고
해맑은 젊음이 함께 있으니 주변도 청춘이라고

그런데 그 이는 또 이렇게 덧붙이더군요
어떤 때는 연둣빛이 잿빛으로 보이고
호기심이 수심으로 바뀌는 듯하다고
누군가를 그리며 기다리는 듯하기도 하고
무언가 큰 고민거리가 있는 것 같기도 하다고

그래서 그 이는 묻습니다
혹시 실연의 아픔이 있냐고
싫은 사람과 자주 마주치냐고
삶에 끝이 있는 게 무서우냐고
당신은 그저 빙그레 웃을 뿐이겠죠

나는 이제 알겠습니다
중생이 아프니 나도 아프다는 유마거사[3]를
닮지 못해 안타까워하는 당신의 마음을.
그러나 안타까움은 새로운 아름다움의 시작입니다
당신은 연둣빛 호기심입니다

깨달음

사람은 누구나 제일 좋아하는
낱말이 있습니다
나에게 그것은 깨달음입니다

무엇을 해도 걸림이 없고,
완벽한 자유를 누린다는
깨달음의 세계
그것은 생각만 해도
벅찬 희망으로 온몸이 부풀어 오릅니다
듣기만 해도 가슴이 설레고,
심장이 두근거립니다

지혜와 자비로 가득찬 말과 행동이
가장 자연스러운 우주의 몸짓으로
시나브로 나타난다는 경지
과연 그곳에 다다를 수 있을까요

기업경영, 가르치기, 글쓰기,
회사원으로 일하는 것,
밥 먹고 옷 입는 것.
그 모든 것이 깨닫기 위한 방편이요,
깨달음으로 가는 과정입니다

그 뿐인가요
그 이와의 절절한 사랑도,
견디기 힘든 그리움도,
뼈를 깎는 실연의 아픔도
모두 깨달음에 이르는 길입니다

깨달음이 삶의 목표인 한,
나는 외로움과 부러움을 모릅니다
싫증 내지 않고 지루하지 않으며,
두려움도 없습니다
나는 그저 나일 뿐입니다

나의 묘비명

그는 평생을 모색하며 살았다
바르게 사는 길, 사랑하는 길, 가르치는 길,
글 쓰는 길을 찾아가는 과정이 그의 삶이었다
그러나 그 어느 길에서도 그는 방황하였고,
최선을 다하지 못하는 스스로를 부끄러워했으며,
미완성인 채 저물어가는 자신의 삶을 안타까워했다

그는 입버릇처럼 자주 수행을 얘기했고
꾸준히 좌선도 하였지만,
생각만큼 행동이 안 따르는
자신의 한계를 늘 절감했다
그는 물욕과 애욕에서 끝내 벗어나지 못했으며
자만심도 결코 떨쳐버리지 못했다
하지만 장년 이후 눈에 띄게 화를 내는 일이
적어진 것에 대해서는 은근히 흐뭇해 했다

그는 부모, 형제, 처자, 벗들과 오랫동안
좋은 인연을 맺으려고 노력했고,
어느 정도의 결실도 있었다고 자부했다
그러나 그들과의 관계의 밑바탕에
언제나 자신의 이기심이 도사리고 있다는
사실에 새삼 놀라기도 하고,
애써 모른 척하기도 했다

그는 제자들을 무척 아꼈다
그들을 열심히 가르쳤고, 그들과 자주 만났으며,
그들이 성공하기를 진심으로 기원했다
때로는 걷잡을 수 없는 정을 쏟기도 했다
그러나 한편으론 자신의 스승답지 못함을
남몰래 한탄했다

그는 우리의 말과 글을 깊이 사랑했다
바른 말 부드럽고 고운 말을 하려고 애썼으며,
예쁜 한글로 수준 높은 글을 쓰기 위해
심혈을 기울였다

그는 자신의 숱한 약점, 단점에도 불구하고
한 가지에 대해서는 큰 자부심을 품고 있었다
그것은 수시로 스스로를 되돌아보는 태도였다

그는 잡보장경에 나오는 구절을 애송하곤 했다

벙어리처럼 침묵하고 임금처럼 말하며,
눈처럼 냉정하고 불처럼 뜨거워라

태산같이 자부심을 갖고,
누운 풀처럼 자기를 낮추어라

역경을 참아 이겨내고,
형편이 잘 풀릴 때를 조심하라

그의 이름은 유필화였다

나는 대학교수

나는 대학교수입니다
학생들은 떠받들어주고
사회인들은 추켜줍니다
직원들은 시샘을 감추고
정중하게 대하며
동료들은 빈말로 칭찬해줍니다

아는 것도 없으면서 많이 아는 척하고
별것 아닌 것을 대단한 것으로 포장합니다
때로는 거드름마저 피웁니다
남들이 그렇게 기대하니까요

위선과 착각과 자만은 나날이 커지고,
부끄럼과 겸양, 진솔은 갈수록
쪼그라듭니다
안이(安易)와 무기력이 깊숙이 스며들고
이기심이 온몸을 뒤덮습니다

나는 사람들의 존경심을
쥐어짭니다
우러러보기를 강요합니다
그러한 태도가 자신과 주변을
피곤하게 하는 줄 알면서도.
그러나 자기는 높일수록 낮아지고
뽐낼수록 슬기에서 멀어지는 것은
모릅니다

처음 강단에 섰을 때의
신선한 마음가짐은 어디 갔나요
넘치던 보람과 훨훨 타오르던
사명감은 지금 어디 있나요
오늘의 초라한 모습은 누구의 탓인가요

나는 이제서야 깨달았습니다
시작할 때의 첫 마음이
얼마나 아름답고 지키기 어려운가를.
교수가 되는 것은 은(銀)이고
교수로 남는 것은 금강석임을

나는 누구인가요

나는 내가 누군지 모릅니다
그래서 꼭 알고 싶습니다
그러나 그럴수록 나는
더욱 낯설게만 느껴집니다

나는 나를 향해 달립니다
필사적으로 뛰어갑니다
내가 나보다 빠른 것을
알면서도 끝없이 질주합니다
그러나 나는 하염없이 멀어져 가기만 합니다

하지만 알 것도 같습니다
모두가 잠든 새벽 그윽한
기운을 맛보며 홀로 고요한 곳에서
골똘히 생각에 잠길 때, 아니 생각을 떨칠 때,
나는 나를 알 듯합니다
해맑은 아침햇살에 빛나는 산사의 숲길을 걸으며
인연이 닿은 중생과 마음으로 이야기할 때
나는 내게 다가옵니다
그러나 손에 잡힐 듯 마주칠 듯 할 뿐입니다

그렇지만 나는 믿습니다
산길을 거닐다 우연히 눈에 들어온
이름 모를 들꽃에서
나를 볼 것임을
퇴근시간 지친 몸을 이끌고 지하철 전동차에
오르는 어느 회사원의 눈망울 속에서
나를 만날 것을
흐르는 시냇물을 바라보며 말없이 말을 거는
흰 바위에서 나의 모습을 알아차릴 것을

나는 어디에 있는가요
여기에 있고 저기에도 있고
이곳에 없고 저곳에도 없습니다

나는 내가 아닙니다
나는 우리입니다

나는 그저 나일 뿐입니다

소피 숄[4]을 생각하며

그대는 조국을 무척이나 사랑했고,
언제나 정의의 편에 서도록 가정교육을 받았네
그래서 조국이 파멸의 구렁텅이를 향해
질주하는 것을 보고만 있을 수 없었겠지

그대는 존경하는 오라버니와 함께
과감하게 대학구내에 전단을 뿌렸네
그것도 대낮에, 잡히면 어떻게 되는 줄 잘 알면서
하늘도 무심하지, 그대 남매는
현장에서 체포되었네

수사관은 그대의 능력과 지성을 대번에 알아보았네
그는 그대의 용기와 당당함에 속으로 놀라고,
아마도 감동을 받았을 것이네
그러기에 그대가 극형을 피할 수 있는
방안을 제시했겠지

스물한 살의 꽃다운 나이에 죽기를 원하는 처녀가
이 세상 어디에 있겠는가
더구나 마음만 먹으면
얼마든지 살 수 있는데
그러나 그대는 고귀한 이념을 저버리기보다는
떳떳한 죽음의 길을 택했네

법정에서 그대는 참으로 꿋꿋하고 의연했네
신념에 찬 그대의 진술에 재판장은 움찔했네
서슬이 시퍼런 재판정에서 한 치의 흔들림도 없었던
그대의 모습을 역사는 잊지 않을 것이네

세상을 떠나야 하는 날,
그대는 눈부시게 내리쬐는 태양을 향해
미소 지으며 여유 있게 형장(刑場)으로 걸어갔네
그 어린 나이에 어쩌면 그렇게
죽음으로부터 자유로울 수 있을까

그러나 그대의 고결한 죽음은 결코 헛되지 않았네
자유를 사랑하는 이들의 가슴을
아직도 촉촉히 적시고 있으니

우리는 한국인

동북아 끄트머리에서
역사와 문화를 줄기차게
지켜온 나라
우리는 끈질긴 잡초다

자연을 사랑하고
자연적인 것을 좋아하는 사람들
그래서 자연과 하나가 되고
싶어했던 민족
그 고운 심성과 숭고한 기질은
지금도 우리 안에 고스란히
간직되어 있다

석굴암, 고려대장경을 물려주고
한글을 만들어낸 겨레
이 땅은 원효와 만해가 찾아온 나라다

남의 떡이 커 보이고
남의 눈 속의 티가 잘 보인다
하지만 우리는 선망과 열등감을
삶의 추진력으로
바꾸는 묘한 재주가 있다

사촌이 논을 사면
배가 아픈 사람들
그러나 한(恨)을 정(情)으로
녹이는 슬기가 있는 백성이다

빨리빨리는 졸속이자 신속이다
냄비근성은 적응이요, 순발력이다
지혜로운 이에게 역동성은 약(藥)이요,
어리석은 자에게는 독(毒)이다

사는 것은 커다란 축복
산 개가 죽은 정승보다 낫다
삶에 대한 뜨거운 애정은
우리의 전통이자 자산이다
나약과 포기는 발 붙일 곳이 없다

몽고와 일본의 지배를 견디어 낸
저력이 있는 나라
하면 된다를 체험해본 백성
스스로의 업적과 자신 안의 보물에
왜 눈을 감는가

아내도 우리 마누라로 부르는 나라
우리를 크게 열고
남을 너그럽게 받아들이자
우리는 더 커지리

외국어

서양의 어느 시인이 노래했습니다
외국어를 모르는 사람은
제 나라말에 대해서도 아무것도 모른다
또 중세의 어느 상인이 말했습니다
가장 좋은 언어는 언제나 고객의 언어이다

그것은 우리의 지평을 무한히 넓혀줍니다
사고(思考)의 깊이를 더해줍니다
교류의 범위를 확대합니다
삶의 폭이 넓어지고,
인생이 풍요로워집니다

그러나 외국어는 영원히 외국어입니다
아주 멀리 떨어져 있는 목적지입니다
끊임없는 연습과 반복만이
그곳에 도달하는 길입니다

연습과 반복은 인내와 정진(精進)의
다른 이름입니다
인내와 정진은 지혜로 가는
수행선(修行船)을 타기 위한 배표이기도 합니다

외국어를 통해 우리는 그들의 문화와 그들을 이해합니다
그들을 이해하는 것은 곧 우리를 이해하는 것입니다
우리는 우리를 통해 나를 바라볼 수 있습니다

외국어는 나를 찾아가는
또 하나의 길입니다

만해 앞에 서다

당신의 시퍼런 서슬 앞에서
나는 한없이 작아집니다
두터운 부끄러움이 꽁꽁 감쌉니다

하지만 당신의 서슬은 따뜻합니다
그것을 품으면 뜨거운 눈물이
펑펑 쏟아집니다
말할 수 없는 기쁨이 온몸을 띄웁니다

당신은 우렁찬 사자후로, 천금 같은 침묵으로
우리를 꾸짖고 보듬었습니다
당신의 빛나는 언어는
가물어도 마르지 않는 샘이요,
거침없이 흐르는 시내입니다
그것은 불멸의 감로수입니다

당신은 딸깍발이 훈장(訓長)입니다
당신이 가장 즐겨 가르치는 과목은
지조입니다
생도들이 열심히 안 하면
사정없이 회초리를 들이댑니다
그들이 아닌 자신에게.
생도들은 살을 에이는 아픔에 통곡합니다
스승과 제자가 함께 부둥켜 안고 웁니다

나는 당신의 향기에 이끌려 당신의 따사로운 늪에
시나브로 빠집니다
한번 빠지면 도저히 헤어날 수 없습니다
끝없이 빨려들어갑니다
그것은 감동이요 희열입니다
수치심은 존경으로 바뀌고 아쉬움은 다짐이 됩니다

평생을 하루처럼 그 날을 기다리던 당신
그 날을 못 보고 떠나신 당신의 심정을
그 누가 헤아릴 수 있겠습니까
당신의 목소리가 귓전에 울립니다
오셔요, 당신은 오실 때가 되었어요, 어서 오셔요

나는 당신 앞에 쓰러져 엉엉 웁니다

나의 세계관

쌀 한톨 속의 우주

하찮게 보이는 쌀 한톨이
우연히 눈에 들어왔습니다
그런데 그것을 유심히 바라보니
온갖 소리가 다 들립니다

봄비 내리는 소리
장맛비 쏟아지는 소리
올챙이들이 헤엄치는 소리
개구리들의 합창소리
잠자리가 윙윙거리는 소리
메뚜기의 튀는 소리
참새들이 재잘거리는 소리
아이들이 물장구치는 소리
동네 아줌마들이 수다 떠는 소리
농민들이 부르는 농요소리
흥겨운 농악대 소리

그 뿐인가요
그 안에는 없는 것이 없더군요

따사한 봄볕
어머니가 준 갖가지 거름
모내기하는 일꾼의 잽싼 손놀림
그의 뜨거운 땀방울
따가운 햇살
시원한 바람
굵은 빗방울
무서운 폭풍우
지렁이의 꿈틀거림
서늘한 아침공기

또 구수한 흙내음도 스며들어 있습니다
김매는 아낙네의 거친 숨결과
가을걷이하는 마을사람들의
진솔한 염원도 배어 있습니다

그러나 나는 압니다
보이는 것 들리는 것은
손바닥의 나뭇잎이고
보이지 않는 것 들리지 않는 것은
숲속에 있는 나뭇잎임을

아, 나는 언제나 볼 수 있을까요
내 앞의 쌀 한톨이 온 우주의 원인이며
그것을 만들기 위해 온 우주가
그렇게 있었다는 것을.
나는 장엄한 우주 법계의 얼굴 앞에
가만히 고개 숙입니다

진리의 바다

바다는 깊고 넓습니다
진리가 넓고 깊듯이

모든 강물은 바다로
흘러들어가 하나가 됩니다
진리가 하나로 귀결되듯이

바다는 너그럽습니다
차별하지 않습니다
무엇이든지 받아들이고 찡그리지 않습니다
진리의 세계에서는 차별이 없듯이

바다의 맛은 어디서나
한결같습니다
진리가 시공(時空)에
구애받지 않듯이

바다는 넉넉합니다
온갖 것이 아무리 들어와도
비좁아지지 않습니다
모든 중생들에게 끊임없이 주는데도
줄지 않습니다
진리가 늘고 줄지 않듯이

바다에는 갖가지 진귀한 보배가
가득합니다
진리가 삶의 보배로
꽉 차있듯이

연꽃

연꽃은 안에 열매를 품고 있습니다
꽃이 피고 열매가 나타납니다
여래가 방편을 열어 진리를 보이듯이

연꽃은 활짝 핍니다
중생이 크게 마음을 내면
여래가 큰 가르침을 베풀듯이

연꽃은 진흙탕 속에서
향기롭고 아름답습니다
진리를 깨달으면
번뇌의 흙탕물을 벗어나고
생사의 바다를 떠나듯이

연꽃은 흙탕물에 물들지 않고,
잎에 물방울이 묻지 않습니다
성자가 세속에 있어도
더러움에 물들지 않듯이

당신의 마음

어떤 성인이 말했습니다.
크다고 할까 하니
속이 없는 것에 들어가도
오히려 모자라고,
작다고 할까 하니
밖이 없는 것을 감싸고도
오히려 넉넉하다

이것은 도대체 뭐라고 불러야 할까요
모양이 없고, 빛깔이 없고, 냄새가 없습니다
맛도 없고, 촉감도 없고, 소리를 내지도 않습니다
그래서 보이지 않고 들리지 않습니다
맛볼 수도 맡을 수도 없으며, 만질 수도 없습니다

그것은 잠시도 가만 있지 않습니다
끊임없이 변하고 쉴 새 없이 헤맵니다
부글부글 끓다가 잠잠해집니다
그러나 언뜻언뜻 느껴지는 그것의 참모습은
온 누리를 비추는 거울입니다
모든 것이 맑고 깨끗합니다

그것은 당신을 움직입니다
나를 사랑하고 중생을 껴안습니다
스스로를 사랑하고 미워합니다
나를 버리고 그들의 곁을 떠나갑니다
우리를 보듬고 우리 안에 머뭅니다

그것은 당신의 마음입니다
우리의 마음입니다
한마음입니다

구도자 선재❺

그는 재물이 그지없이 많은
집안에 태어났네
그가 이 세상에 왔을 때
수없이 많은 온갖 재보가
집안에 가득하여
선재(善財)라 이름하였네

그는 도(道)를 구하기 위해
어진 스승을 찾아 길을 떠났네
그가 찾아 뵌 스승은 모두 쉰세 분이었네
그들의 직업은 실로 다양했네
스님, 임금, 이교도, 부자,
장사꾼, 뱃사공, 보살, 매춘부.
여신과 여인이 스무 명이나 있었네

어떠한 일이든 한 가지 일에
몰두한 사람은 그것을 통해 진리를
맛보고 있네
모든 사람들은 남의 스승이 될 수 있네
누구에게서나 본받을 점이 있네

선재는 숱한 어려움에 부딪혔네
하지만 그는 결코 물러서거나,
주저하거나, 게으름을 피우지 않았네
그는 기나긴 세월 동안 별의별 곳에서
온갖 고비를 다 넘겼네
그러나 한 번도 신심(信心)이 약해지거나,
안이한 마음을 내지 않았네

미륵보살이 손가락을 한 번 튕겼네
그 소리에 그는 많은 스승의 처소에서
낱낱이 배운 가르침을 깡그리 잊어버렸네
스승은 처음부터 다시 시작하는 수밖에 없다고 했네

선재는 낙망하지 않았네
다시 법을 구하기 위해
맨 처음의 스승이 계신 곳으로
장엄한 발걸음을 내디뎠네
험난한 구도의 길을 새로 떠났네

드디어 모든 의혹이 깨끗이 풀리고
그는 바른 깨달음을 얻었네
어디서나 거리낌 없고 거침없는 큰 힘을 얻고,
한량없이 넓은 자비심을 갖추었네
우리의 큰 스승이 되었네

너나 잘해라 (1)

제가 사장님을 모시고 일하는 것은
저희 가문의 무한한 영광입니다
그런데 김 전무는 돌아서기만 하면
사장님을 비난합니다
어찌하면 좋을까요

너나 잘해라

우리 사장은 정말 능력이 없어
경영의 '경' 자도 몰라
그리고 내가 조금만 추켜줘도
좋아서 입이 헤벌어져
참 바보 같지 않니

너는 어떻고

사장님, 이 전무가 실적을
부풀려서 보고합니다
아랫사람들을 그렇게
못살게 군다고 합니다

나는 그렇지 않은 것으로 알고 있네
그런데 자네 사업부의 실적은 어떤가

박 부사장은 지나치게 욕심이 많습니다
최 상무는 너무 자주 화를 냅니다
조 상무는 어리석기 짝이 없습니다
이들을 어떻게 할까요

자네나 잘하게

너나 잘해라 (2)

그 집 아빠가 그렇게 사냥을 좋아한대
살생을 많이 하셔서 괜찮을까
저 집은 집에 돈을 쌓아놓고 있대
아빠가 공무원이라고 하던대
옆집 아저씨는 여자관계가 복잡하대
그런 사람들은 나중에 어떻게 될까

너나 잘해라

내 강의는 너희들이 영원히 잊지 못할 것이다
다른 선생들의 강의보다 더
짜임새가 있고 내용이 알차다
나는 그들보다 더 인정받고 있고,
훨씬 더 높은 인기를 누리고 있다
그렇지 않니

그렇고 말고요, 여부가 있겠습니까

그 강사한테서 뭐 배울 것이 있을까
아직 박사학위도 없고, 교수도 아니라고 하던대
그래도 열심히 가르치신다고 소문이 자자하단다
나는 시간강사보다는 유명교수의 강의를 들으련다

너는 참 잘났구나

사모님, 여고동창분이 전화하셨습니다
안 계시다고 해라
친척분이 밖에서 기다리고 계십니다
또 무슨 부탁을 하려고 왔나
얘, 나처럼 많이 베푸는 사람 봤니

네, 언니가 최고죠

애욕

그것은 어찌할 수 없이 달콤합니다
그래서 참으로 뿌리치기 어렵습니다
내려가도 내려가도 바닥이 안 보입니다
올라가도 올라가도 끝이 없습니다

그것은 우리를 칭칭 감습니다
꽁꽁 묶습니다
그러나 그것이 우리를 졸라맬수록
우리는 얽매임의 짜릿함에 빠집니다
그래서 간청합니다, 아니 절규합니다

그것은 우리의 가장 소중한 것을 무엇보다 좋아합니다
그래서 그것을 빼앗기 위해 눈부시도록 매혹적인 모습으로
어서 오라고 합니다

그것은 속박이요, 질곡입니다
자유의 적입니다
그것은 밧줄은 무척이나 질기고,
뿌리는 한량없이 깊습니다

우리는 알고 있습니다
기쁨의 끝은 차디찬 씁쓸함이고,
황홀은 짓눌림으로 바뀔 것임을.
하지만 시나브로 그것에 끌려갑니다
자유의 약은 쓰고 구속의 독은 달기 때문입니다
그러나 그것은 허망입니다

아, 그것은 무엇일까요

그대

그대의 미소는 늘 포근한 봄바람이다
마주치는 이의 시름을 날려보낸다

그대의 눈빛은 은은한 가르침이다
바라보는 이의 가슴에 진리가 스며든다

그대의 사유는 온 누리를 잠잠하게 한다
모든 이를 위한 거룩한 몸짓이므로

그대의 입술은 끊임없이 축원한다
살아있는 모든 것들을 위해

그대의 목소리는 우렁찬 천상(天上)의 음악이다
듣는 이의 편견과 원한을 묻어버린다

그대의 귀는 광대한 용광로이다
만나는 이의 고민과 아픔을 남김없이 녹여버린다

그대의 손짓은 나를 오라고 한다
고통을 벗어난 세계로

그대의 발걸음은 당당하다
어떠한 의심도 두려움도 망설임도 없다

그대 앞에만 서면 우리는 몸 둘 바를 모른다
그러나 그대는 그저 말할 뿐이다
차나 한 잔 하세

당신의 가르침

세상에서 가장 넓은 것은 무엇일까요
당신의 가르침입니다
그것은 허공과 같아
이르지 않는 곳이 없습니다

당신의 가르침은 깊고 깊어서
속 깊이를 헤아릴 수 없습니다
밑이 없어 다하지 못하는 것이 없습니다

당신의 가르침보다 더 높은 산은 없습니다
그러나 그 산은 누구에게나 열려있습니다
당신은 늘 어서 오라고 하십니다
결코 물러서지 않겠다는 마음을 내고
꾸준히 오르면 누구나 봉우리에 도달합니다

당신의 자비심이 무한하듯이
당신의 가르침은 한량없습니다
중생의 상상을 넘어서므로
그것은 어림할 수조차 없습니다

당신의 가르침은 그 무엇보다 빼어나고,
더할 나위 없이 훌륭합니다
그래서 그것을 배우고 익히는 것은
세상에서 가장 큰 즐거움입니다

그러나 당신의 가르침을
만나는 것은 그지없이 어렵습니다
그래서 그것을 만난 중생의 행복은
그 무엇에도 견줄 수 없습니다

새 벽

나는 새벽을 좋아합니다
내가 나와 함께 있기 때문입니다

세상에서 제일 즐거운 것은
말없는 대화입니다
그것은 가장 말 많은 침묵입니다

새벽은 희귀한 요술방망이입니다
근심을 날려보내고 참신을 빚어냅니다
시름을 사유로 바꾸어 놓습니다

새벽은 둘도 없는 빗자루입니다
번뇌와 고민을 쓸어버립니다
그것들은 어디로 갔을까요
어디에서 왔을까요

새벽은 자애로운 거울입니다
자비와 지혜를 비추어줍니다
그것들은 어디에 있었던가요
밤에는 왜 안 보이는가요

새벽은 나를 좋아합니다
법계가 나를 살포시 포옹하기 때문입니다

삶의 경이

오, 놀라운지고
내가 숨을 쉬네
내가 산책을 하네
내가 차를 마시네

새들이 지저귀네
가로수가 서있네
장미꽃이 피었네

하늘이 새파랗네
뭉게구름이 떠있네
시원한 바람이 부네

아내가 밥을 짓네
딸이 학교에 가네
젖먹이가 우네

아주머니가 화초에 물을 주네
강아지에게 밥을 주네
그 밥을 참새도 먹네

길에는 사람들이 넘치네
상인이 첫 손님과
흥정을 하네
젊은 남녀가 다정하게
함께 가네

내가 만원버스에 올라타네
내가 학생들을 가르치네
옛 벗이 오랜만에 나를 찾아오네

내가 집으로 돌아오네
홀로 생각에 잠기네
나도 모르게 꿈나라로 가네

아, 삶의 경이여
경이로운 삶이여

나는 당신이 그립습니다.

❶ 눈 푸른 이

여기서는 수행자(修行者)의 뜻.

❷ 앙겔라 메르켈

1954년 서독의 함부르크에서 목사의 딸로 태어난 앙겔라 메르켈은 같은 해 아버지를 따라 동독으로 이주한다. 그녀는 라이프치히 대학교에서 현재의 남편인 요아힘 자우어 교수의 지도로 물리학 박사학위를 받았고, 1989년 베를린 장벽이 무너질 때 정치에 입문하였으며, 2005년 독일 최초의 여자수상이 되었다.

❸ 유마거사

불교의 대승경전인 유마경(維摩經)에 나오는 세속의 한 거사.
이 경전에서 '중생이 아프므로 나도 아프다'는 유마거사는 설법을 통해 대승보살의 길을 가르치고 있다.

❹ 소피 숄

나치 독일에 저항하는 독일 젊은이들의 비밀조직인 백장미단의 단원.
1943년 2월 18일 오빠 한스 숄과 함께 뮌헨 대학에서 나치를 비방하는 전단을 몰래 돌리다 체포된다.
그녀는 게슈타포에 의한 심문을 거친 후 재판을 받고, 사건이 난지 4일 후인 2월 22일에 처형당하고 만다.

❺ 선재

불교의 대승경전인 화엄경(華嚴經)의 입법계품(入法界品)에 나오는 동자(童子)의 이름.
화엄경은 부처님이 깨닫고 난 뒤 그 깨달은 내용을 그대로 설했다고 하는 경전이며, 불교의 수많은 경전 중에서도 가장 높은 경지에 속한다. 입법계품은 화엄경의 끝부분에 나오며, 그 내용은 선재(善財)라는 한 평범한 인간이 53명의 어진 스승을 찾아 도(道)를 구하고 성불(成佛)하는 과정을 설한 것이다.

한 경영학자의 아름다운 변신

내 주변 사람들 가운데 유필화 교수는 매우 특이한 존재이다. 경영학 교수로서의 그의 명성을 익히 들어 알고 있던 나는 재단의 운영에 도움을 받을까 하고 90년대 말에 그를 대산문화재단의 이사로 영입한 바 있다. 그런데 재단 이사회 모임이 거듭될수록 나는 그의 문학에 대한 깊은 지식과 애정, 그리고 한국문학의 창달을 위한 참신한 발상에 적잖이 놀라곤 했다.

그 후 지금까지 나는 유 교수를 비교적 자주 만나고 있는데, 지난 몇 년 동안 우리들의 대화는 기업경영과 직접 관련된 내용이 거의 대부분이었다. 그러던 어느 날 그는 자신이 썼다고 하며 여러 편의 시를 내게 선사했다. 나는 그것을 읽고 깜짝 놀랐는데, 그 이유는 다음과 같았다.

첫째, 유 교수가 경영학 연구에 매진하고 기업경영에 직·간접으로 관여하면서도 해맑은 시심(詩心)을 잃지 않았다는 사실이 참으로 신선한 충격이었다.

둘째, 유 교수는 경영학 교수답게 기업경영의 여러 측면을 시로 엮었는데, 기업을 직접 경영하는 입장인 나에게는 그 내용이 아주 재미있으면서도 상당한 설득력이 있었다.
끝으로, 나는 유 교수의 시에서 어떤 일관적인 그의 철학을 느낄 수 있었다. 존재의 긍정이라고 할까, 아니면 생명사랑이라고 할까, 아무튼 삶을 총체적으로 조감하고 그것을 절대 긍정하려는 시인의 철학에 나는 공감하지 않을 수 없었다.

그래서 나는 먼저 나의 오랜 벗이자 조언자, 그리고 사업파트너이기도 한 유필화 교수의 첫 시집 출간에 아낌없는 박수를 보낸다. 또한 사랑과 인생, 그리고 경영을 생각하고 사랑하는 모든 분들에게 이 책의 일독을 감히 권하는 바이다.

2006년 9월
대산문화재단 이사장
신 창 재

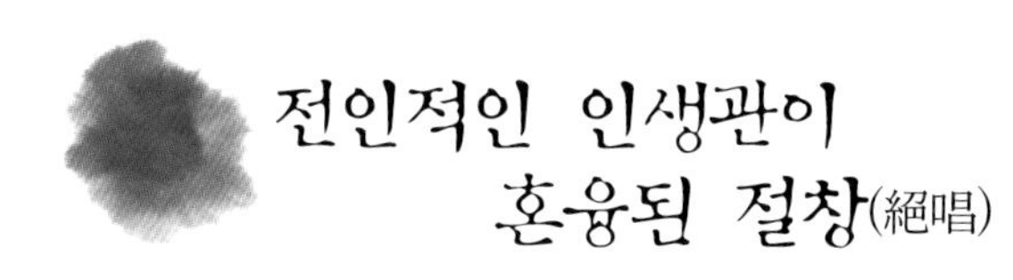

전인적인 인생관이 혼융된 절창(絕唱)

경영학 박사가 쓴 시라는 데 흥미를 갖고 유필화 교수의 시집을 읽어나갔다. 처음 시집을 대하면서 가졌던 선입관은 '경영학 교수가 시를 쓰면 얼마큼 썼으랴' 였는데, 시를 읽어나가면서 쉰세 편의 시가 한결같이 시적 수준이 고르고 나름대로의 독창적인 시세계로 일가를 이루고 있어 놀라웠다. 이러한 시적 성취는 유 교수의 시구절에 있듯이 '그는 우리말과 글을 깊이 사랑하였다. / 바른 말 부드럽고 고운 말을 하려고 애썼으며 / 예쁜 한글로 수준 높은 글을 쓰기 위해 / 심혈을 기울인' 결과라고 믿는다.

유필화 교수가 쓴 시의 가장 큰 장점은 일반적으로 현대시는 어렵고 딱딱한 것이라는 고정관념을 말끔히 씻어버린 데 있다고 본다. 유 교수의 시를 읽어본 독자들이라면 대뜸 그의 시가 얼마나 알기 쉽고 가깝게 다가오는지 느낄 것이다. 그렇다고 유 교수의 시가 가볍다는 말은 결코 아니다. 읽는 이에게 친근감을 주면서도 작품 어느 한 편이나 그의 전인적인 인생관과 경영철학, 삶의 태도와 종교관이 녹아있음을 볼 수 있었다.

특히 한국 시단에서 아직도 많은 독자들을 확보하고 있는 만해 한용운의 시편들을 읽는 듯한 감명을 유 교수의 시는 우리에게 주고 있다. 폭넓은 불교관이 녹아 있는 일종의 신앙시적 경향을 띠는 시편들은 가히 절창이라고 할 만하다. 나는 솔직히 우리 시단에서 씌어지는 많은 신앙시들을 읽어보았지만 기독교 시이건 불교 시이건 이만큼 종교철학을 시로 혼융시킨 것을 보지 못했다. 그런 점에서 우리 시단에는 좋은 자산이 하나 보태졌다고 믿는다.

앞으로도 그가 자신이 지닌 시적 자질의 끈을 놓지 말고 좋은 시를 계속 써주길 바란다.

2006년 9월

시인, 성균관대학교 국문학과 교수

강 우 식